15 Octobre

PN

VENTE

Du Lundi 15 Octobre 1906, à 2 heures précises

BOULEVARD DU PALAIS, N 15

TROIS CHEMINÉES RENAISSANCE

EN PIERRE SCULPTÉE

Lambris — Plaques de Cheminée

BOISERIES DÉCORATIVES

TENTURE TAPIS

EXPOSITION PUBLIQUE

Les Samedi 13 et Dimanche 14 Octobre 1906

M. BARTAUMIEUX

MM. M. PAULME & R. LASQUIN FILS

VENTE AUX ENCHÈRES PUBLIQUES

à la requête de M. Maurice DURET, administrateur judiciaire, à Paris

en vertu d'ordonnance

DE

TROIS CHEMINÉES ANCIENNES

EN PIERRE SCULPTÉE

DE L'ÉPOQUE DE LA RENAISSANCE

Landiers, Plaques de Cheminée

BOISERIES DÉCORATIVES

ESCALIER, LAMBRIS, PLAFONDS, PORTES

DE STYLES GOTHIQUE ET RENAISSANCE

TENTURE EN ANCIENNE BROCATELLE

Tapis

Décorant un appartement

DANS UN IMMEUBLE SIS A PARIS

BOULEVARD DU PALAIS, N° 15

où aura lieu la vente

Le Lundi 15 Octobre 1906, à 2 heures précises

COMMISSAIRE-PRISEUR

Me BARTAUMIEUX, 334, rue Saint-Honoré

EXPERTS

MM. M. PAULME & B. LASQUIN FILS

10, rue Chauchat. — Paris. — 12, rue Laffitte.

EXPOSITION PUBLIQUE

Audit lieu de la vente

Les Samedi 13 et Dimanche 14 Octobre 1906

De 9 heures à midi et de 2 heures à 6 heures

CONDITIONS DE LA VENTE

Elle sera faite *expressément* au comptant.

Les adjudicataires paieront *dix pour cent* en sus des prix d'adjudication.

L'Exposition publique permettant aux amateurs de se rendre compte de la nature des objets mis en vente, de leur état de détérioration, des restaurations ou des additions qu'ils auraient pu subir, aucune réclamation, pour quelque cause que ce soit, ne sera admise une fois l'adjudication prononcée.

Le commissaire-priseur et les experts, chargés de la vente, se réservent la faculté de réunir ou diviser les lots comme il leur semblera utile.

Les lots vendus devront être déposés et enlevés par les acquéreurs, à leurs frais, charges, risques et périls, dans les délais ci-après fixés pour chaque nature d'objets.

Les Tentures, Tapis, Landiers et Plaques de cheminée, le Mercredi 17 Octobre 1906, à 6 heures du soir.

Les Cheminées, le Samedi 20 Octobre 1906, à 6 heures du soir.

Les Boiseries, le Samedi 27 Octobre 1906, à 6 heures du soir.

Dans le cas où les acquéreurs n'auraient pas pris livraison de leurs achats dans les délais ci-dessus indiqués, les objets seront d'office déposés dans un garde-meuble à leurs frais, charges, risques et périls.

Paris. — Imp. Georges Petit, 12, rue Godot-de-Mauroi. — 17015-06.

N° 1

DÉSIGNATION

---

1 — **Cheminée.** *Pierre.* XVIᵉ siècle.

Elle se compose de deux piédroits à
pilastres, ornés d'arabesques et couronnés de chapiteaux à moulures et
canaux. Le bandeau, en forme d'entablement, comprend la corniche à
moulures et oves ; la frise décorée, au
centre, d'un écusson au milieu d'une
couronne de lauriers avec amours et
vases fleuris ; enfin, l'architrave, sur
laquelle est gravée en lettres capitales
l'inscription :

NON·AMPLIUS·LEDAR·DISCE·N·G·PATI·
QUAM·INGRATIS·SERVIRE

Haut., 1 m. 60 ; larg.. : m. 53.

2   **Cheminée.** *Pierre.* XVIe siècle.

Sur deux piédroits, ornés de flam-
beaux enguirlandés de perles et d'arabesques, sont deux consoles ou modil-
lons formant corbeaux pour recevoir le
bandeau ou entablement, se composant
d'une corniche à moulures ornées de
feuilles et d'oves, d'une frise sculptée
avec amours au centre tenant une guir-
lande, angelots, et à chaque extrémité
un médaillon circulaire avec tête de
profil; enfin, d'une architrave mou-
lurée avec olives et oves.

Haut., 2 m. 10; larg., 1 m. 60.

N° 2

2.630

N° 3
2 160

3 — **Cheminée.** *Pierre.* xvie siècle.

Les piédroits, à pilastres, sont ornés d'un rinceau de feuillages, fleurs et oiseaux, et couronnés de chapiteaux dans le style corinthien. Le bandeau est formé d'un entablement dont la corniche est à moulures ornées, la frise à rinceaux, avec écusson au centre, entre deux sphynx; l'architrave à moulures.

Haut.. 1 m. 73; larg.. 1 m. 80.

4 — Boiseries décoratives en chêne
ou noyer mouluré, sculpté et ciré,
comprenant notamment :

Un escalier montant un étage, avec
deux paliers intermédiaires, en chêne,
sculpté d'ornements divers de style
Renaissance : poteaux de fond, rampes,
limons, balustrades, paliers, marches.
etc.

Plusieurs plafonds, composés de
poutres et poutrelles simulées, en bois
sculpté de style gothique.

Plusieurs lambris moulurés, avec
parties sculptées de panneaux à ser-
viettes, de style gothique.

Portes à un ou plusieurs vanteaux,
sculptés, de styles Renaissance et
gothique.

Chambranles de portes et fenêtres,
volets, stylobates, etc.

5 — **Tenture en ancienne broca-
telle,** à fond rouge et ramages ton
sur ton, ornant les murs de l'appartement.

6 — **Nombreux tapis** en moquette
rouge uni.

7 — **Landiers et plaques** de cheminée
en fonte d'époque Renaissance et
gothique.

www.ingramcontent.com/pod-product-compliance
Lightning Source LLC
LaVergne TN
LVHW012233170726
843503LV00010B/4387